Ein Fisch mit Galgenhumor

von Sabine Dilger

Bibliografische Informationen der Deutschen Nationalbiblio-
thek verzeichnet diese Publikation in der Deutschen Nationalbi-
bliografie; detaillierte bibliografische Daten sind im Internet
über dnb.dnb.de abrufbar.

Copyright 2017 Sabine Dilger
Cover-Bild - Sabine Dilger

Herstellung und Verlag:
BoD – Books on Demand, Norderstedt

ISBN: 978-3-7448-1996-1

Inhaltsverzeichnis

Kapitel 1

Sternjahr 2027

Wir schreiben das Sternjahr 2027.
Unsere Crew ist vollzählig auf Deck, und Moglie navigiert das Raumschiff sicher an den Wurmlöchern vorbei. Auf der Suche nach unbekannten Lebensformen ist `die kurze Geschichte der Zeit` doch recht lang geworden, ohne auffällige Anomalien im Navigationsbereich.
Balu vertreibt sich die vierte Dimension mit Spuck, und `würfelt mit dem Universum`, während unsere Supernova mit ihrer umwerfenden Ausstrahlung die Schaltzentrale wie immer mit links bedient, und das Raumschiff nach Westen steuert. `Da gibt es immer noch nichts Neues.`
Und ich der Captain, `captain, mein captain`, starre gelangweilt ein schwarzes Loch in die Luft und kritzle mein x-testet Smiley ins Logbuch.

Unser Doc schlurft wie immer in solch einer `Nichts – Passiert - Situation` verdächtig nah an den Schlafkabinen unserer weiblichen Crew Besetzung vorbei, mit einer Ge... mäch... lich... keit die geradezu spektakulär ist.

Ich kommentiere sein tägliches Intermezzo mit einem aussagekräftigen smiling worauf er mir einen Vogel zeigt, der schon längst von dannen geflogen ist.

Wir sind nunmehr ein Quantensprung vom Paralleluniversum entfernt, und bevor wir unserem Doppelgänger mit Empörung entgegen glotzen, denn wir wollen ja einmalig sein, lädt unsere Crew Sie herzlich ein:

- Willkommen auf Sternschiff -
Wir beamen Sie jetzt hoch! Aber bitte ziehen Sie sich vorher ihre Schuhe aus.

Kapitel 2

Born to be wild

Die Mode in den Siebzigern war ja wirklich schrill - Blusen mit Blümchen Muster, goldfarbene Pullis aus Samt und Hemden mit Rüschen, die zu buntgestreiften Hosen mit einem Schlagumfang bis zu 85cm echt gut kombiniert waren.

Die Hotpants und Miniröcke waren nicht aus den Kleiderschränken wegzudenken, und hochhackige Schuhe, disco-like aufgemotzt, wurden auch gern von Männern getragen. Und aus einem 166er wurde ein 178er.

Die Hippies, Schreck vieler biederen Bürger, waren der Inbegriff der Flowerpower Generation – freie Liebe, Liberalität und Drogencocktails für Bewusstseinssprünge. Und bei einigen blieb wohl auch ein Sprung zurück. Ihre langen Mähnen schüttelten sie zu auch echt jeder Musik, wo `der Kamm danach` wohl bis zur Unkenntlichkeit verformt war.

Als Hippiekind trug ich gern Holzkloks, in Holland klokst man wohl immer noch damit herum, nur war es nicht so einfach darin zu laufen. Setzte ich einen Fuß vor, glitt mein hinterer Fuß aus dem Kloks. Das passierte meinem Fuß etwa alle zwei Meter. Doch ich liebte meine Kloks, dass ich sie auch im Karussell auf dem Rummel anbehielt. Und das Karussell drehte sich und drehte sich und ein Kloks verabschiedete sich. Er sauste von meinem Fuß und befindet sich heute noch irgendwo in Panama.

Kapitel 3

Ein Fisch mit Galgenhumor

Manche Menschen haben sich so viel zu sagen, wie eine Kommunikation unter Fischen abläuft - leere Sprechblasen.

Wie kommt ein Fisch zum Galgenhumor?
Wenn es an der Angel anhängt.

Galgenhumor ist doch eine merkwürdige Bezeichnung. Ich glaube nicht dass jemand der die zukunftsträchtige Aussicht eines Galgen vor sich hat noch zum Lachen zumute ist.

Mein Freund scheint wenig davon zu halten: „Dein Galgenhumor geht mir manchmal echt auf die Nerven." Ich antwortete: „Ich leg dir mein Galgen gleich um deinen Hals."

Im Krankenhaus gibt es wohl wenig Sinn für Humor.
Als ich ins Krankenhaus musste, fragte der Krankenpfleger ob ich etwas wertvolles dabei habe, im Krankenhaus soll wohl gut geklaut werden, meinte ich: „Ja, mich. Aber ich lass mich nicht klauen." Er sah mich mit einen Blick an, als hätte ich sie nicht alle beisammen. Ich hielt dann lieber meine Klappe.

Kapitel 4

Ein belesener Bücherwurm

Der Bücherwurm ist doch sehr belesen, er schmatzt sich so von einen Buch zum anderen durch, dass sein Bauch selbst wie ein kleines Buch ausschaut.

Da kam der Herr der Bücher und erwischte ihn auf frischer Tat: „Das wurmt mich aber gewaltig", rief er zornig und sein dicker Bierbauch schwabbelte dabei.

Der Wurm glotzte ihn aus Seite 124 an, sein Mund vollgestopft mit klugen Sätzen, und lachte hämisch. Viele Buchstaben purzelten ihm dabei aus dem Mund. Der Herr der Bücher schnallte seine Gürtel enger und schnaufte wütend. Der Wurm lachte wieder hämisch und verschwand in Seite 359.

Die Moral von der Geschicht´ - unterschätze einen belesenen Bücherwurm nicht.

Kapitel 5

Wenn das Ohr auf dem Kopf fällt.

Neulich übernachtete ich bei meinem Freund.
Wir lagen auf dem Bett und unterhielten uns angeregt. Ich lag auf der Seite und verstand sein Genuschel nicht.
  „Was hast du eben gesagt? Mein Ohr liegt auf dem Kopf???"
  „Was du schon wieder verstehst..."
  „Ich hab` doch Tinnitus."
  „Ach so" und er schaltete das Licht aus. „Gute Nacht."
  „Nacht."
Ich drehte ich mich auf die andere Seite und auf einmal `Plupp... plupp...`ich fing zu lachen an.
  „Was denn?"
  „Meine Ohrstöpsel sind eben heruntergefallen. Du hättest nicht sagen sollen `mein Ohr ist auf dem Kopf gefallen`."

Wir brachen in lachen aus und ich drehte mich wieder um. „Gute Nacht."

„Schauen wir mal..."

Am nächsten Morgen tranken zusammen Kaffee, und ich erzählte ihm, dass ich gestern meinem Kater ausversehen auf dem Schwanz trat. Laut miauend ist er durchs Zimmer gesaust und schlussfolgerte: „Muck Muck ist wohl sehr empfindlich am Schwanz."

„Ich bin auch empfindlich am..."

„Schon, aber ich trete ja nicht rauf." Wieder brachen in lachen aus. „Jetzt fängt das schon wieder an... ich geh dann mal lieber. Tschü, tschü."

„Tschü ist heute ausverkauft."

„Nun ist aber gut" und entschwand zur Tür hinaus.

Noch am selben Tag ging ich in die Apotheke, um Neue zu kaufen. „Eine Packung Ohrstöpsel, bitte."

„Einen Moment", sagte der asiatische Apothekenhelfer, wühlte sich durch 5 Schubladen und kam mit einer Packung wieder zurück. „Bitteschön, und wissen Sie auch wie man die anwendet?"

„Nööö... aber ich finde es schon heraus."

„Dann eine gute Nacht."

„Schauen wir mal..."

Kapitel 6

Yoga für Verwachsene

Vor einiger Zeit fühlte ich mich steif wie ein Brett, mehr verwachsen als erwachsen. So beschloss ich einen Yogakurs zu besuchen.

Es gab ein Schnupperangebot zum Kennenlernen und ich ging hin, um mal reinzuschnuppern.

Der drahtige Yogalehrer gab eine kurze Einführung in die verschiedenen Yogaarten, dann zündete er eine Duftlampe an und legte meditative Musik auf. Nach zwei Minuten besinnlicher Einstimmung gings los.

Gleich bei der ersten Übung war mein Rücken zum Buckel hochgewachsen, sanft drückte er ihn wieder in die Waagerechte. „Den Rücken graaade halten."

„Ja, Maestro."

Hinter mir stöhnte eine andere Teilnehmerin vor Anstrengung, der Vordere bekam seine Beine nicht in die Grätsche, und die Dritte im Bunde war plötzlich verschwunden. Zwischendurch fragte mich Yogini nach der Uhrzeit.

„Es ist drei vor viertel vor zwölf."

„?"

Nach einer weiteren verstrichenen halben Stunde fragte er einen anderen Teilnehmer.

Zum Ausklang gab es Hot Yogi Tee.

Teeschlürfend saßen im Kreis zusammengerollt und der Yogalehrer erzählte uns etwas über die Yoga Philosophie. Dabei erinnerte ich mich an eine Reportage über Indien, die ich mir kürzlich erst im Fernsehen ansah.

Die Yoga Meister in Indien sind schon beeindruckend, besonders einer von ihnen blieb mir nachhaltig in Erinnerung.

Dieser Yogi verharrte in der Viparita – Karani – Sarvangasana Stellung, was heißt, Beine gegen den Himmel gestreckt und den Kopf halb in den Sand gegraben. Doch was er dann tat, passte so gar nicht dazu. Aus seiner Hosentasche zog er sich eine Zigarette heraus, aus der anderen ein Feuerzeug, und zündete sie sich kopfunter an.

`Wau, was für eine interessante Yogaübung`, dachte ich bei mir, `muss ich mal ausprobieren.`

Entspannt paffte der Yogi seine Zigarette und genoss dabei den Sonnenuntergang.

Wir brachen in lautes Gelächter aus, nur der Yogalehrer nicht. Es entsprach wohl nicht seiner Philosophie.

Zum Schluss das Sahnehäuptchen - „Wir stimmen uns jetzt auf die universelle Energie ein und erhöhen damit unsere energetische Schwingung." Echt? Toll! „Holen Sie einmal tief Luft und beim ausatmen das Ohm tönen solange es geht."

Er schloss die Augen und „Ohmmm..." und wir alle: „Ohmmm..." Nach noch nicht einmal 10 Sekunden ging mir die Luft aus, und die anderen sahen auch irgendwie viel blasser aus. Der Yogalehrer hingegen tönte und tönte. 20Sekunden verstrichen, 40 Sekunden... hat man Töne. Nach einer Minute tauchte er wieder auf. „Ich habe Ihre Energie gespürt."

Ich spürte mehr meine beanspruchten Knochen, sammelte sie wieder zusammen und bin raus.

Draußen zündete ich mir erst einmal eine Zigarette an. Dabei fiel mir wieder ein, was der Yogalehrer mir vor Beginn des Kurses erzählte: „Heute ist mein erster Tag. Ich war zwei Wochen krankgeschrieben."

„Was hatten Sie denn?"

„Starke Rückenschmerzen."

Kapitel 7

Eine Tüte Kotze

Als ich meinen Drachen von Mutter vor längerer Zeit im Krankenhaus besuchte, brach sie gerade in eine Kotztüte hinein. Sie schluckte und sagte: „Hallo, kannst du mal die Kotztüte wegbringen?" Na, toll...
Sie faltete die Tüte oben fein säuberlich zusammen und reichte sie mir herüber. Ich musste die Kotztüte entgegennehmen, da sie ja nicht laufen konnte und mir die heikle Aufgabe zugedachte.
Ich hielt mindestens einen Meter Abstand zu dem Ding und ging zum Flur hinaus.
Der Krankenhausflur roch auch nicht gerade toll, der wohl mit hundert Liter an Desinfektionsmitteln gereinigt war.
Verzweifelt suchte ich einen Ablegeplatz, gar nicht so einfach

eine prallgefüllte Kotztüte im Krankenhaus loszuwerden. Da kam mir Gott sei Dank eine Krankenschwester entgegen.

Sie muss wohl an meinem grün angelaufenen Gesicht bemerkt haben, dass mit etwas sehr bewegt. Besorgt fragte sie: „Was haben Sie denn?"

„Eine Kotztüte."

Ihr freundlicher Gesichtsausdruck fiel augenblicklich in sich zusammen. „Geben Sie her", sagte sie unwirsch, mir ganz unverständlich.

Endlich war ich das Ding los, raste zur Toilette und wusch mir bestimmt 23mal die Hände. Jetzt hatte ich Null Bock mehr auf meine Mutter, ich musste die ganze Zeit über fast selber brechen. Der Tag war gelaufen.

Kapitel 8

Die Hohepriester der Silikonbrüste

Die Hohepriester der Silikonbrüste sind ja hoch im Kurs, sie schnippeln und füllen den ganzen Tag über was der Busen aushält. Einige sollen sich wohl auch gern mal auflösen und die Silikonsuppe verabschiedet sich dann tröpfchenweise.
Manche Silikonbrüste sind wahre Monsterbusen geworden, vor denen man sich echt erschreckt. Gibt es so etwas wie ein Aktienkurs für Silikonbrüste? Würde sich rentieren...

Kapitel 9

Das Gruselkabinett der Eitelkeiten

Dass viele verjüngte Methusalems durch die Gegend laufen ist ja wohlweislich bekannt, doch das Alter erkennt man an den Händen und die sprechen Bände.

Es wird das Schönheitsskalpell angesetzt, die Falten schön aufgespritzt, die Lippen ebenfalls, die anschwellen, als hätte sie King Kong geküsst. Und aus einer 70jährigen wird eine 35jährige. Fragt man sie aber nach ihrem wahren Alter, ziehen sich ihre Mundwinkeln weit nach unten und man hat jede Sympathie verloren.

Ein Pferderennen ist das Highlight der Highsociety, hier trifft sich alles was Rang und Namen hat und mindestens einen 6-stelligen Betrag auf dem Konto.

Am beachtlichsten sind die Hüte. Einige sehen wahrhaft monströs aus, ein Alien würde wohl auf den Geschmack kommen.

Die phantasievollen Konstruktionen haben mindestens einen Wert von 70,00 Euro bis aufwärts - kann man das irgendwie von der Steuer absetzen? Und die Steuer wird dann galant an der Steuerbehörde vorbei geschleust.

Nachtigall, ick hör dir tapsen...

Kapitel 10

Der Urknall

Meine Mutter hat eine Indianer Nase, schön krumm, als Kind wurde sie deswegen immer gehänselt.

In ihrer Verzweiflung versuchte sie ihre Nase zu begradigen und steckte sich nachts eine Wäscheklammer rauf. Das Ergebnis: am nächsten Morgen war ihre Nase knallrot und um das Doppelte angeschwollen – ein wahres Prachtexemplar!

Nichtsdestoweniger hatte sie nicht gerade einen Mangel an Selbstbewusstsein.

So bewarb sie sich einmal auf eine Anzeige, wo Fotomodelle für ein Casting gesucht wurden, mit ihren damals 50 Jahren, und schrieb einen verheißungsvollen Brief:

`Ich möchte mich auf Ihre Anzeige als Fotomodell bewerben. Ich sehe sehr vielversprechend aus (klar, mit ihrer krummen

Nase). Ich habe blaue Augen und bin naturblond (wie naturblöd), aber wehe Sie schicken mir mein Foto nicht wieder zurück - dann werde ich mich zu wehren wissen!`

Sie las mir ihren Brief mit Betonung vor, und ich musste mir die ganze Zeit über das Lachen verbeißen. Mutter hat echt einen Urknall.

Kapitel 11

Es wird griechisch

Vor einigen Jahren verbrachte ich meinen Urlaub auf Kreta. Schon am zweiten Urlaubstag machte ich mich auf die Suche nach Souvenirs und wühlte mich durch die Läden.

Die Geschäfte reihten sich verführerisch aneinander, dabei kam ich an einen Laden vorbei, der nur Regenschirme im Schaufenster anbot. Verwundert runzelte ich die Stirn und warf einen Blick ins Geschäft: Der Verkäufer saß an einem kleinen Tisch, von zig Regenschirmen umringt, und sah extrem gelangweilt aus. Bei 40 Grad im Schatten, und einer Regenwahrscheinlichkeit von gleich Null, hatte ich arge Zweifel an den Geschäftssinn des Inhabers – zu viele Ouzos getrunken? Belustigt schlenderte ich wieder zum Hotel zurück.

Auf der winzigen Terrasse meines Hotelzimmers machte ich es

mir gemütlich, schaute mir meine 43 Souveniers an, als rechts schräg drei bullige Männer rauskamen, flüchtete ich gleich links schräg wieder rein.

Am nächsten Morgen musste ich zur Bank.
Nach 23Minuten Umherirren fand ich endlich eine und ging total verschwitzt hinein.
Der Bankangestellte sah mächtig schlechtgelaunt aus, was mich veranlasste meine Füße wieder Richtung Tür zu drehen. Aber warum sich davon abschrecken lassen? `Ich versuche es mal auf griechisch`, dachte ich bei mir und ging zum Schalter. „Ich möchte ein Gyros-Konto bei Ihnen eröffnen, aber Zaziki!"
Er schaute mich noch griesgrämiger an: „Gyros-Konto ist heute alles Ouzo."
 „Öh..." und meine Füße drehten sich automatisch wieder Richtung Tür.

Kapitel 12

Die liebe Familie und andere Katastrophen

Die Blutlinie seitens Mutter ist nicht ohne.

Mein Onkel wollte aus mir eine Schachweltmeisterin machen, doch mit nur sieben Schuljahren war er nicht gerade der Hellste. Wenn er gähnte war dies mehr als seltsam: „Ha... Ha... Haferflocken..."

Kam es möglicherweise daher, weil er immer gierig auf den Haferschleim schielte, den man mir in meiner Kindheit jeden zweiten Morgen auftischte?

„Ha...Ha...Haferflocken, oh je", stöhnte ich und quengelte wie verrückt, um um den Brei herumzukommen. „Iss jetzt den Haferschleim auf", forderte meine Mutter jedes Mal unerbittlich. Und schon war Onkelchen zur Stelle: „Lass sie doch, wenn sie nicht will. Man kann ein Kind doch nicht zum Essen zwingen."

Und schon ging die Portion an ihn. Hab` ich mein Onkel doch lieb gehabt...

Oft hatte ich ihn besucht. Seine Wohnung war der reinste Abenteuerspielplatz für mich, es gab immer etwas zu entdecken - so unter einer 1cm dicken Staubschicht.

Mein Onkel war ein leidenschaftlicher Sammler und stopfte seine kleine 1-Zimmerwohnung mit allerlei Kram voll. Helme, Orden, Münzen und Notgeld aus 2.Weltkrieg, vier Hunde aus dem 1.Weltkrieg, sowie diverse Hasen und Meerschweinchen neueren Datums.

Die kleinen Hausgenossen hatte er als Frischfleischvorrat im Keller gebunkert und zu Weihnachten geschlachtet, nur wusste ich nie, was ich da eigentlich aß.

Als ich größer wurde, brachte er mir das Schachspielen bei. „Das ist das Spiel der Könige", sagte er oft und ich setzte ihn schachmatt. „Der Königin..."

Eines abends spielten wir in der Küche Schach, als er eine bahnbrechende Entdeckung machte.

Wir sahen aus dem Fenster und zufällig schoss ein Komet vorbei. Mein Onkel war ganz aufgeregt und rief meiner Mutter zu:

„Mensch Kalli, wir haben eben ein Ufo gesehen!"

Auch sonst war es in meiner Kindheit recht spannend.
In der Nähe wohnte ein Mann, der spät abends immer betrunken durch die Straßen torkelte. Mutter, Schwester und ich warteten auf dem Balkon auf ihn, denn er kam immer um die gleiche Uhrzeit. Irgendwie hatte es immer auf die Autoscheinwerfern abgesehen: „Was glotzt ihr mich alle so an," lallte er und gaffte zornig in die Scheinwerfer. Beim nächsten Auto angekommen, wieder die gleiche Vorstellung. Wir haben uns halbtot gelacht.
„Wer lacht da so dreckig", rief er wütend und stierte suchend nach oben. Wir duckten uns schnell und eine von uns rief: „Die Autos, die dich immer anglotzen." Vor sich hin fluchend schwankte er nach Hause.
Es ging amüsant weiter.
Im Nebenhaus lebte ein Mann, den wir Tarzan nannten. Er war spindeldürr, hatte lange fettige Haare und war nur mit einer Fellhose Marke Eigenbau bekleidet.
Tarzan ging in seinem heißen Outfit spazieren, da konnte es

regnen oder schneien, es schien ihm absolut nichts auszuma-
chen. War er auf Dauerdroge oder hatte er sich einfach zu viele Tarzan Filme reingezogen?

Zurück zu Mutter. Die Sprache Deutsch war von ihr doch recht
individuell eingedeutscht. Aus Gammele machte sie `eine alte
Karamelle`, Artischocken wurden eben mal zu `Antisocken` um-
funktioniert, `zur Salzsäule erstarrt` hieß bei ihr grundsätz-
lich `zur Salzsäure erstarrt`. Und wenn sie sonntagmorgens die
Frühstückseier mit kaltem Wasser abschreckte, pflegte sie immer zu sagen: „Ick muss ma eben die Eier erschrecken." (Und
die haben sich bestimmt erschrocken...)

Kapitel 13

Sport ist Mord

Wenn die Fußballsaison nach der Winterpause bzw. Sommerpause wieder beginnt, hört man bei vielen Männern ein großes Aufatmen. Fortan bleibt man an der Mattscheibe kleben, da kann frau das Lieblingsgericht auftischen oder in sexy Kleidung vor der Glotze herumtanzen, sie findet keinerlei Beachtung. „Geh doch mal aus dem Bild." Vater war da nicht viel anders...
Wenn die Europa- und die Weltmeisterschaft übertragen wurden, herrschte Zuhause absolutes Redeverbot. Angespannt saß er in seinem ollen 70er Fernsehsessel, ein Bier in der einen Hand, in der anderen eine bereits abgebrannte Zigarette, und fieberte lautstark mit. Er verkniff sich sogar seine Notdurft, wenn gerade der 11Meter übertragen wurde, und quetschte seine Beine zusammen. „Papaaaaa..."

„Nicht jetzt... nicht jetzt!"

Mutter war regelmäßig genervt. „Die loofen son` dämlichen Ball hinterher und finden did och noch jut. Versteh ick überhaupt nicht."

Das Stimmungsbarometer von meinem Freund sinkt ins doch glatt ins Bodenlose, wenn seine Heimatmannschaft verliert. Seine ganze Familie scheint so veranlagt zu sein.

Sonntags wird elend lang telefoniert und darüber diskutiert wie das letzte Spiel gelaufen ist. Was nur mit dem bescheuerten Fauler los war... der Schiedsrichter hat mal wieder an falscher Stelle gepfiffen und, und, und.

Nach 20Minuten werde ich halb irre und trommel mit den Fingern auf dem Tisch herum. Das schreckt meinem Freund hoch und er beendet das Telefonat apprut. „Gut Vater, der Kaffee wird langsam kalt. Einen schönen Sonntag noch."

Der Kaffee war nur mittlerweile schon zu Eis erstarrt.

Sein älterer Bruder machte ihm einmal schwere Vorwürfe, weil ihre Heimatmannschaft schon wieder verloren hatte: „Das ist deine Schuld, dass sie verloren haben!"

Und er war total am Boden. Seitdem hängt er lieber mit mir vor der Glotze.

Kapitel 14

Ein Hintern so groß wie Deutschland

Mutters Liebestöter sind mega eklig, die knielangen Unterhosen von anno dazumal sahen dagegen moderner aus.
Als ich sie wieder besuchte, sollte ich eine böse Überraschung erleben.
Mutter öffnete die Tür und stand in ihrer lappigen Unterhose vor mir, die weit über ihren Bauchnabel hinausreichte. Am liebsten wäre ich rückwärts gleich wieder rausgegangen, aber ich wollte nicht unhöflich sein und bin rein.
Wie üblich plapperte Mutter mir beide Ohren ab. Dann plötzlich, ohne jede Vorwarnung, drehte sie sich um und zog ihre Unterhose vor mir herunter, mein Gott...
  "Na, der ist doch noch jut in Schuss, wa", fragte sie und schwabbelte fröhlich mit ihren Pobacken.

Ihr Hintern hing ziemlich schlaff und energielos herunter.

„Janz doll...", antwortete ich und kämpfte gegen meinen Brechreiz an.

Nach einer Minute Herumschwabbeln zog sie endlich ihre olle Hose endlich wieder hoch. Ihren Vorderbau wollte ich lieber nicht sehen und verließ rechtzeitig das Zimmer.

Mutter hatte die eigenartige Angewohnheit ihre handausgewaschenen Schlüpfer zum Trocknen in der ganzen Wohnung auf die Heizkörper zu verteilen. Im Winter dampfte es dann ganz ordentlich.

Schwesterherz konnte weder Anblick nebst Geruch ertragen und kaufte ihr kurzerhand Neue. Doch Mutter war wenig begeistert: „Warum koofst du mir neue Unterhosen? Ick broch doch keene. Meene sind doch noch jut, die trage ick schon Jahre."

Demonstrativ stopfte sie die sexy Slips in die hinterste Ecke ihres Kleiderschrankes, und holte sie nie wieder hervor.

Seitdem herrscht dicke Luft zwischen meiner Schwester und ihr, nur nicht das Thema Unterhosen anschneiden...

Kapitel 15

Ein Hund auf Abwegen

Ob Katz, ob Hund, wenn sie erst einmal anfangen zu gähnen ist das praktisch eine zwingende Einladung es ihnen gleich zu tun.
So saß ich in der U-Bahn und ein Hund hörte nicht auf sein Maul aufzureißen, und steckte mich jedes Mal mit an. Ich ärgerte mich sehr darüber und wollte den Spieß umdrehen. `Beim nächsten Hund wird alles anders`, schwor ich mir.
Neuer Tag, gleiche Situation. Ein müder Vierbeiner lag in der U-Bahn halb über den Boden verteilt. Ich suchte sein Augenkontakt, räusperte mich damit der Hund auf mich aufmerksam wird, und der glotzte mich gelangweilt an. Weit riss ich meinen Mund auf und gäääähnte, doch der Köter schaute desinteressiert wieder weg. So ein Ärger aber auch.

Wenn Hund` und Katz` in spezieller Stimmung kommen, nehmen sie doch glatt mit jedem Vorlieb. Selbst Kleintiere sind davon nicht abgeneigt.

Mein erstes Haustier war ein Meerschweinchen Bock, und wenn ein Böckchen Bock bekommt nennt man es `Bromseln`.

Eines abends lag ich mit samt Meerie Bock und seinem Madle vor der Glotze auf dem Sofa. Gelangweilt schaltete ich durch das Programm, als mich ein merkwürdiges Brummen hinter mir irritierte. Ich blickte mich um und der Knabe fand mich wohl gerade sehr attraktiv. Er bromselte um mich herum, bromselte vor mir, seitwärts, bis ein lautes und empörendes Quieken sein Liebeswerben unterbrach.

Am anderen Ende saß sein Madle und war schwer beleidigt. Schon hat Böckle von mir abgelassen, sauste zu seiner Liebsten und machte ihr redlich den Hof. Somit war der schiefe Haussegen wieder gekittet.

In meiner Kindheit geschah doch ein mittelschweres Drama, was mir und meiner besten Freundin einen Schock versetzte. Meine Freundin bekam eine Hündin von ihren Eltern zum

Geburtstag geschenkt und war außer sich vor Freude. Sogleich lud sie mich ein mit ihrem neuen Vierbeiner zum ersten Mal Gassi zu gehen. Was wir beide nicht wussten – ihr Hündin war gerade läufig.

Kaum drei Meter gelaufen, kreuzten plötzlich drei Rüden auf und kreisten sabbernd die Hündin ein; wir mittendrin.

Meine Freundin geriet in Panik und wir wollten uns schnell aus dem Staub machen, da war es aber schon zu spät. So wurden wir zwangsweise Zeugen eines doch sehr heftigen Liebesaktes. Um Herr der Lage zu werden, zog meine Freundin wie eine Irre an der Leine, während ich den Köter von hinten packte. Doch der Hund klebte an der Hündin wie Superkleber fest. Dann ließ er abrupt wieder von ihr ab, zog seiner Wege und bescherte meiner Freundin zwei Wochen Stubenarrest.

Der Yorkshire scheint in meiner Gegend doch sehr beliebt zu sein, bei meinen allmorgendlichen Spaziergängen kann ich sie fast an zwei Händen abzählen.

Kaum einen Meter gelaufen, der 1. Yorkshire, zwei Meter weiter - Yorkshire Numero 2, diesmal etwas struppiger. Ich wechselte die Straßenseite und Yorkshire der Dritte dackelte mir entgegen, hm... Nun gut, ich wählte dann halt einen anderen Weg und ein großer Hund kam auf mich zu.

Während ich mich mit der Hundebesitzerin unterhielt, tätschelte ich wohlwollend den Kopf des Hundes. „Der ist aber süß", bemerkte ich. „Das ist kein Rüde, das ist eine sie."

„Wie heißt sie denn?"

„Dolli."

„Is ja doll..."

Während wir munter weiter schwatzten, drehte sich Dolli plötzlich um und streckte mir auffordernd ihren Hinter zu. „Upps..."

„Dolli ist gerade läufig."

„Aha..."

Ein großes Fragezeichen legte meine Stirn in Falten - homosexuell Hunde? Doch Dollis Frauchen hatte keine Zeit für lange Erklärung und zerrte ihre Hündin von mir weg.

Eine Weile grübelte ich darüber nach - gibt es Homosexualität unter Tieren? Da erinnerte ich mich an eine Fernsehsendung über Löwen, die ich mir vor langer Zeit ansah. Soweit nichts besonderes, die Löwen langen faul unterm Baum, um ihren Frass zu verdauen, und der Fernsehreporter laberte und laberte, dann plötzlich Schweigen - zwei Löwenmännchen hatten sich gerade sehr lieb...

Kapitel 16

Frauenbärte und verliebte Affen

Manch eine Frau hat doch einen kleinen Schnauzer, wie z.B. meine Freundin. Jeden Morgen rasiert sie sich ihren Damenbart ab, klatscht sich anschließend Aftershave auf die Wangen klatscht ihren Freund gleich mit ein. Auch Muttern war nicht ohne Bart vorzustellen.

Allabendlich zupfte sie sich vor der Glotze ihre Stoppeln mit einer Pinzette heraus und glotzte TV. Sie sah sich dabei immer gerne Zoosendung an, da hätte sie gut reingepasst, und die berichteten einmal über einem seeehr verliebten Affen. Nur war das kein Affenmädchen sondern eine hübsche Zoowärterin.

Die Zoowärterin stand mit ihrem Kollegen, die vor kurzem erst ein Liebespaar wurden, oft vor dem Affengehege und amüsierten sich darüber.

Das Äffchen kam schüchtern näher und schaute immer wieder verstohlen zur hübschen Zoowärterin hinüber. Noch ein Stückchen näher an den Elektrozaun heran und noch ein Stückchen. Die Funken flogen nur so...

Irgendwann ist ihr Lover auf den Affen eifersüchtig geworden, wie affig aber auch. Das amüsierte die Hübsche nur umso mehr. Einige Wochen später hatte sich das Paar getrennt. Sie war nun wieder Single und schlich im Morgengrau des öfteren zum Gehege...

Kapitel 17

Bartalomeo

Wenn die Glatze wächst, wirds unten immer haariger.
Es gibt Bärte in den unterschiedlichsten Varianten, dass sogar Wettbewerbe stattfinden – wer hat den außergewöhnlisten Bart von allen?
Es gibt Rauschebärte, die das Gesicht halb überwuchern, Schnauzer, Ziegenbärte, Backenbärte, Kaiser Wilhelm Verschnitte und und und.
Viele Frauen stehen auf Bärte, andere wiederum nicht. Küsst du einen Mann mit Vollbart - kratz, kratz, kratz - brauchst du danach kein Peeling mehr, wie praktisch.
Mann ist ja ein Gewohnheitstier und er hält seinem Bart mitunter ein Leben lang die Treue. Ist er plötzlich ab, erkennt man ihn nicht wieder.

Das ist einem Familienvater passiert.

Seine kleine Tochter schrie bei seinem nacktem Anblick, für sie war da plötzlich ein fremder Mann in der Wohnung. Was tun? Kurzerhand wickelte sich der verzweifelte Vater einen dunkelbraunen Wollschal um seine Mundpartie und Töchterchen jauchzte vor Freude. Endlich hatte sie ihren Papa wieder. Wo war er die ganze Zeit über nur gewesen?

Als ich zum ersten Mal meinen späteren Stiefvater zu Gesicht bekam, fiel mir gleich sein voluminöser Bart auf. 20jahrelang gurkte er damit herum, dann nahm er ihn ab.

Eines sonntagnachmittags saßen wir am Tisch und tranken Kaffee. Er grinste blöd vor sich hin und fragte: „Fällt euch an mir denn nichts auf?" Wir musterten ihn. „Nein. Was denn?"

„Ich habe etwas neues."

„Ein neues Hemd?"

„Nein."

„Du warst beim Frisör?" Er brach in lachen aus. „Ich habe mir meinen Bart abrasiert."

„Ach... ist uns gar nicht aufgefallen."

Kapitel 18

Ein besonderer Fall

Morgens gegen halb vier in der Früh, stehe ich auf und zieh`
mir erst einmal einen Kaffee Marke Herztod rein. Mir kommen
dann oft die besten Ideen und setze mich an meinem Computer.
Mein Kater hat die schlechte Angewohnheit sich jedes Mal über
den halben Schreibtisch zu verteilen, schwerlich dann an die
Tasten zu kommen. Die Gefahrenzone zwischen seinen Krallen
und der Tastatur ist beachtlich. Also schnappe ich mir mein No-
tizbuch und dichte wirres Zeug.
Als ich so vor mich hin dichtete, schweiften meine Gedanken in
meine Kindheit zurück und erinnerte mich an meine Tante - die
war auch son` besonderer Fall. Balkon hieß bei ihr `Blakon`, wie
plöde aber auch. Mutter, einen Tic intelligenter als sie, berich-
tigte sie jedes Mal. Doch Tantchen ist eine sture Frau.

„Für mich ist did een Blakon, basta."

Mutter und Tante verstanden sich prima, aber ihr Begriffsvermögen glich mehr das der Urzeit Menschen.

Meine Oma, wie sollte es anders sein, war auch nicht ohne.

Als Mutter ein Teenie war, hauste sie mit Oma samt ihren drei Geschwistern in einer kleinen Parterre-Wohnung, Schlafplätze waren dementsprechend knapp bemessen.

Mein Onkel hatte sein Bett, eine wacklige Sitzbankbank, in der Küche und die Küchendämpfe dampften ihn wohl allnächtlich in den Schlaf. Dann kam Schwesterherz noch hinzu.

Das kreischende Bündel raubte jeden den Schlaf. Also ab in die Küche zum schnarchenden Onkel mit ihr. „Hier hast du did schreiende Gör", schnaufte meine Mutter mit dicken Augenringen.

„Gröl...Gröl...**Gröl**..."und Onkelchen: „Chrrr... Chrrr...**Chrrr** ???"
Geduldig wiegte er seine Nichte in den Schlaf, und alle fanden endlich zur Ruhe.

Mutter erzählte gerne mal ein Schlag aus ihrer Kindheit. So wurde Oma wohl oft wegen ihrer großen Oberweite von ihren Kindern aufgezogen.

„Muttern, warum hast du son` großen Busen?"

„Damit ich euch damit besser erschlagen kann."

„Harr … harr … harr …"

„Wirf doch deinen Busen doch nach hinten, uffn Rücken, und mach `nen Knoten rin."

„Harr … harr … harr …"

Vielleicht bin ich ja adoptiert worden?

Kapitel 19

Namen sind Schall und Rauch

Meine Schwester war über ihren Vornamen lange Zeit recht unglücklich und haderte oft mit Mutter deswegen: „Warum hast du mich nur Assi genannt? Did hört sich wie een Hundename an - Assi... Assi... komm wir gehen gassi." Doch Mutter schwieg.

Als ich wenige Jahre später auf die Welt kam war Mutter auch nicht gerade originell und verlieh mir den nostalgischen Namen Edeltraud als zweiten Vornamen. Ich verschweige ihn immer eisern, besonders als Jugendliche war mir mein Name peinlich.

Damals war ich eine Punkerin, und es hörte sich so krass an, Edeltraud die Punkerin, so mit den 3. Zähnen und einer Gehhilfe unterwegs.

Natürlich sickerte der Name bei meinen damaligen Mitschülern durch, irgendeinem Lehrer war`s zu verdanken, und ein Grölen ging durchs Klassenzimmer. Ich lief nicht rot an - ich stand kurz vor einem Kollaps, bis ein netter Schüler auf die Idee kam mich fortan Edelbine zu nennen. Damit war mein angeknackstes Selbstbewusstsein wieder gekittet.

Mutter war mit ihren zweiten Vornamen ebenfalls unzufrieden. „Wie konnte meene Olle mir bloß den doofen Namen Ingeborg geben? Inge - borg mir mal was, oder wie?" (Doch die Ingeborg hat nie jemanden was geborgt.)

So manche Spitznamen entspringen einem Einfallsreichtum von gleich Null. Mal nannte man mich Socke, Säckel oder Sabse und noch weitere Kuriositäten.

Mein Freund belustigte sich oft über die ersten Initialen meines Namens - `Sa und Di`.

„Ich bin kein Sadi", regte ich mich jedes Mal auf, „aber wenn du mich weiter damit aufziehst, dann werde ich zu einen." Und er verschluckte augenblicklich seine Zunge.

Kosenamen klingen manchmal auch nicht gerade originell.

Mein Onkel nannte meine Mutter Kalli, und Kalli sagte zum Onkel Horsti. Jahre später rückte Stiefvater ins Spielfeld und Kalli verlieh ihm den Kosename Schorschi.

Schorchi, Assi, Kalli und Horsti - das Vokal I scheint in der Familie von Bedeutung zu sein.

Kapitel 20

Küss bloß keinen Frosch - es könnte eine böse Überraschung geben

Als ich mein Freund damals kennenlernte, war er nicht gerade einfallsreich mich zu sich nach Hause zu locken: „Willst du mal meine Briefmarkensammlung sehen?" Na, toll... Doch ich staunte Bauklötze, als er tatsächlich eine große Briefmarkensammlung vorzeigte.

Heute fragt man frau eher: „Willst du mit mir Schoppen gehen?" Da beißt garantiert jede Frau an, zum Leidwesen aller Geldbörsen.

Die von etwas schlichterem Gemüt gehen recht plump vor: „Willst du mit mir eine pimpern?"

Da fallen einen glatt die Mundwinkel bis zur Kniekehle herunter. Bemerkt dieser, dass er das Fettnäpfchen damit glatt zertram pelt hat, räusperte er sich schnell, bevor er alle Felle davon schwimmen sieht: „Ähm, vielleicht willst du lieber mit mir dümpeln?" Und die Mundwinkel sind schon gar nicht mehr vorhanden...

Wenn Mann und Frau sich zum ersten Mal begegnen, und ihre Hormone sich gut leiden können, schaut sie tief in seine Augen – er tief in ihr Dekolleté, und es scheinen ihnen allmählich Froschaugen zu wachsen, besonders ihm.

Nicht unähnlich mag es unter den Fröschen zugehen, wenn's ums Begatten geht.

Das Froschmännle quakt und schaut, quakt und schaut, bis eine holde Maid aus den Tümpeln gar Wohlgefallen findet. Und schon dümpeln die Kaulquappen durchs Gewässer.

Und der schwer Verliebte fragt seine Angebetete: „Und... bin ich dein Prinz?"

„Nööö, du bist nicht mein Prinz", (upps), „du bist mein scharfer Frosch." Neun Monate später krabbeln die Kaulquappen durch die Wohnung.

Kapitel 21

Der heiße Draht

Die Quasselstrippen können stundenlang telefonieren und reden und reden, als ob ihnen gleich drei Münder gewachsen sind. Mein Ohr wäre da schon längst abgefallen. Auch meine Freundin redet ohne Ende.

Als wir das letzte Mal miteinander telefonierten, hörte ich ein merkwürdiges Geräusch im Hintergrund. „Was ist denn das für ein Geräusch bei dir?"

„Sitze gerade auf dem Klo." Super aber auch...

Davon unangenehm berührt fragte ich nach, warum sie denn weiter telefoniere, wenn eben mal die Notdurft ruft, antwortete sie: „Ich vergesse sonst die Hälfte." Als sie dann zum zweiten Mal musste, beendete ich das Gespräch vorzeitig.

Einige Wochen später war ihr das Handy dabei ins Klo gefallen.

Von da an, war die Gute wohl kuriert.

Mit Mutter zu telefonieren schiebe ich ganz gern vor mich her. Immer die gleichen Storys - Meckern übers Wetter, ihre Weh-wehchens und wie ihr letzter Stuhlgang war. Nö, muss nicht sein, bis sie mich schließlich anruft. „Rinnnnng.... Rinnng.... **Rinnng!**"

„Hallo, Mutter. Ich wusste, dass du es bist." (Irgendwie hört sich der Klingelton krasser an.) Dann die obligatorische Frage, und ich kneife beide Augen zu: „Na, wie geht's?" Und schon sprudelt ein Wasserfall aus ihr heraus. Ich halt den Hörer je-des Mal eine Armlänge vom Ohr weg.
Nach einer Viertel Stunde Vollgequatsche, fragt sie nach mei-nem Befinden. Ich lag halb unterm Tisch, kurz davor das Handy aus dem Fenster zu werfen, und meine Fingernägel waren zur Hälfte abgeknabbert, und antwortete: „Ganz gut."

„Hm... na, dann bis zum nächsten Mal." Und das nächste Mal ließ nicht lange auf sich warten...
Manche Mütter rufen doch oft in den ungünstigstem Moment an. So lag ich einmal mit einer Blasenentzündung im Bett, und

um mir es etwas bequemer zu machen, klemmte ich mir ein Kissen mit einem Tiger darauf abgebildet zwischen die Knie.

Als ich mich gerade schön entspannen wollte, rief meine Mutter natürlich an. „Ich bin es! Wie jehts dir?"

„Phantastisch. Ich liege gerade im Bett, mit einem heißen Tiger zwischen meinen Beinen."

„Also weeßte... also wirklich... schämst du dir denn jar nicht?"

Für die nächsten zwei Wochen hatte ich dann erst einmal meine Ruhe.

Kapitel 22

Fred's Forelle

Zur Adventszeit findet wie jedes Jahr das traditionelle Familientreffen statt - in einem Gourmet Restaurant.

Der gedeckte Tisch im Restaurant war eine Wolke – hübsch arrangiert mit Tannenzweige, flackernden Tafelkerzen und einem Meer aus funkelnden Kristallgläsern.

Man bestellte Wein, studierte die Speisekarte und hatte die Qual der Wahl zwischen 5 Menüs zu wählen – schwierig... Dafür war die Weinkarte elend lang.

Der Wein wurde eingeschenkt, doch bäh... Lotte rümpfte ihre Nase.

„Der Wein riecht irgendwie nach Benzol", und hielt mir ihr Glas unter die Nase. „Also, ich finde der riecht eher nach Hamster."

`Gacker, gacker, gacker...` Und die Brüder verdrehten genervt die Augen. „Nichts ist schrecklicher für Männer, als angetrunkene und herumgackernde Frauen, wa?" Und setzte nach: „Je später der Abend, desto blöder die Gäste."

`Gacker...`

Amüsiert lallte ich den jüngeren Bruder von meinem Freund voll, da machte er mich auf ein Bild aufmerksam, das an der Wand gegenüber hing. „Ist das ein echter Fisch auf dem Bild?"

Ich schwenkte meinen Blick nebst Weinglas zur Seite. „Ja", sagte ich. „Kann man den essen?"

„Den würde ich lieber nicht essen. Der soll mal schön da hängen bleiben."

Der Fisch an der Wand wirkte wohl Appetit anregend und Fred bestellte sich Forelle.

„Und..." lallte ich zwischen zwei Bissen, „willst aus deinem Fisch auch ein Bild kreieren?"

Fred und Forelle waren gleichermaßen blau, und mampfend antwortete er: „Der schwimmt schon halb verdaut in meiner Magensäure."

Kapitel 23

Das Ersatz Gehirn

Mein Freund ist ein leidenschaftlicher Sammler - alte Postkarten, Münzen, Briefmarken und aus den Reisen schleppt er jedes Mal Muscheln und Steine mit nach Hause.

Neulich sortierte ich die Steine und fand einen darunter, der wie ein Kleinhirn aussieht – hellgrau und ineinander gewürmt.

Ich meinte: „Sieh mal, der Stein sieht wie ein Gehirn aus. Vermisst du in letzter Zeit irgendetwas?"

„Sone Doofe aber auch."

Ich legte das Gehirn beiseite. „Wir können den Stein ja als Ersatz Gehirn aufbewahren."

„Ha..ha... sehr witzig."

„Hat das Warzenmittel eigentlich schon gewirkt", fragte er mich. „Nein, leider nicht. Die Warzen sind nur etwas flacher geworden. Alles ist bei mir in letzter Zeit etwas flacher geworden. Hoffentlich wird mein Gehirn nicht auch irgendwann flacher."

„Wir haben doch das Ersatz Gehirn."

„Son Doofer aber auch..."

Er grinste und legte den Stein schon mal bereit.

Kapitel 24

Ein originelles Weihnachtsgeschenk

Ich hatte mir einen Virus eingefangen oder der Virus mich, und schon war die Toilette mein bester Freund. Nach 3 Tagen war die Toilettenbürste nicht wiederzuerkennen. Kaum genesen bildete sich gar abenteuerliches in meiner Blase. Und wieder war die Toilette mein bester Freund. Weil bekanntermaßen aller guten Dinge 324 sind, ereilte mich auch noch ein Hexenschuss. Wie sollte es anders sein? Natürlich alles kurz vor Weihnachten. Also blieb Weihnachten der Herd kalt, man kann ja nie wissen.

Wir wollten beim Lieferservice bestellen, ich konnte mich aber nicht entscheiden und meinte: „Eigentlich habe ich keinen so großen Hunger."

„Dann bestell` doch Wurstsalat", schlug mein Freund vor. „Ich esse doch keine Wurst."

„Dann halt Salat ohne Wurst."

„Ich kann auch Wurst ohne Salat bestellen."

Kurze Rede - langer Sinn, wir bestellten Salat mit Tunfisch und Pizza.

Als wir so vor uns hin schmatzten, bemerkte ich etwas Glibberiges in seinem Salat.

„Was ist denn das? Ihhh, da liegt ja ein Wurm drin!"

„Das ist kein Wurm", entgegnete mein Freund, „das ist ne` Raupe" und sortierte das leblose Vieh aus.

Er legte die Raupe neben seinem Teller, und aß sein Salat völlig davon unberührt weiter. Ich mochte gar nicht hinschauen...

„Wir sollten uns beschweren", meinte ich, „und das vor Weihnachten..."

„Lass mal, so né Raupe ist kein Weihnachtsuntergang."

Dann kam mir doch eine kreative Idee: „Wir könnten das Raüplein in Geschenkpapierpapier einwickeln, und es an die Pizzeria zurückschicken, mit dem Weihnachtsgruß: `Sie haben uns den

Appetit ge-raupt!`

 „Yo man, das wär doch mal eine originelle Geschenkidee zu Weihnachten!"

Und ich wickelte das Räuplein in Geschenkpapier ein, verziert mit einer extra großen Schleife.

Kapitel 25

Es ist nicht das letzte Kapitel

Zog ein Stern auf, kletterte die Himmelsleiter herauf, und schaute hinunter zu uns Menschen und dachte: „Ach, mensch..."